THÉATRE

DES

VARIÉTÉS.

THÉATRE

DES

VARIÉTÉS.

ÉMANCIPATION.

EXTRAIT DU N° 2087, DU JEUDI 2 MAI 1844.

Le conseil municipal de Toulouse, dans sa séance du 29 avril, a pris une délibération très-importante et de nature à lui mériter la reconnaissance d'une notable partie des habitans.

Depuis long-temps on se plaignait, avec raison, que le centre de la ville était délaissé, et que certains quartiers absorbaient, à son détriment, la plus grande partie des ressources communales.

Divers projets avaient été formés pour que le mouvement de la population ne se portât pas sur un seul point, à l'exclusion de tous les autres, mais rien de solide n'avait pu être arrêté, et si la délibération qui ordonne la démolition des maisons qui étranglent la place de la Pierre est susceptible d'assainir ce quartier populeux, il est certain que le nombre des habitans ne doit guère s'accroître par la réalisation de ce projet.

Les choses en cet état, M. Cipière, propriétaire de l'ancien hôtel Palamini, a proposé au conseil municipal de construire, à ses frais, un théâtre secondaire, moyennant, de la part de la ville, l'engagement de lui payer une location annuelle équivalente à cinq pour cent du capital représenté.

Nulle proposition ne pouvait venir en temps plus opportun ; car, selon toute probabilité , la salle du Capitole ne pourra servir aux exigences de sa destination jusqu'à la construction d'une salle nouvelle, et il était urgent de créer une succursale qui pût la suppléer au besoin.

D'un autre côté, il est de principe, dans une sage administration, que les salles de spectacle doivent appartenir aux villes , pour ne pas mettre les directeurs de théâtre à la merci des caprices ou des exigences particulières , et la discussion , ouverte sur la proposition de M. Cipière , a prouvé que Toulouse, dans ce moment, éprouve tous les inconvéniens de cette fausse position.

Trois considérations militaient donc en faveur du projet dont le conseil était saisi. D'abord , le besoin de faire quelque chose pour le centre de la ville ; ensuite la convenance d'être propriétaire des deux salles de spectacle : enfin l'urgence de parer au plutôt aux circonstances qui pourraient empêcher les représentations sur la scène du Capitole.

Mais, dans l'état de nos finances, et avec les engagemens qu'on a pris, il ne fallait pas songer à faire , avec les deniers de la ville, une construction qui absorberait trois cent mille francs. Aussi la lettre de M. Cipière fut-elle accueillie avec faveur par le conseil.

L'examen de sa proposition fut renvoyé à une commission , composée de M. Ad. Martin , rapporteur , et de MM. Capelle négociant , Vivent , Bories et Pascal Recoules.

Cette commission a présenté son rapport dans la dernière séance, et elle a déclaré , par l'organe de son rapporteur , qu'elle avait été d'avis *à l'unanimité* , qu'il y avait lieu , sauf les réserves dont nous parlerons, d'accepter la proposition de M. Cipière, toutes les considérations se réunissant pour reconnaître l'opportunité d'établir un théâtre secondaire dans la rue des Tourneurs.

Cet avis a été partagé par le conseil qui, composé de 28 membres , a également reconnu , *à l'unanimité* , qu'il y avait lieu de donner suite à la proposition de M. Cipière.

La discussion ne s'est établie que sur les détails relatifs soit à la proposition elle-même, soit à la rédaction du rapport.

M. Ad. Martin a critiqué les plans soumis au conseil et dit que leur imperfection ne permettait pas de les admettre comme définitifs, ce qui d'ailleurs rentrait dans les vues de M. Cipière lui-même. Il a indiqué, comme modifications essentielles , une plus grande surface pour le magasin des décors , et une troisième entrée donnant sur la rue Peyras , l'auteur du projet n'ayant dessiné des ouvertures que pour la rue des Tourneurs et la place de la Halle au Blé. Le rapporteur était d'avis qu'avant de statuer sur la proposition soumise , on devait demander de nouveaux plans.

Le conseil entendait bien, comme le rapporteur , ne pas accepter sans réserve l'offre qui lui était faite ; mais il trouvait , et deux membres de la commission partageaient cet avis, que le rapport n'engageait pas suffisamment la ville , et que l'incertitude trop grande dans laquelle on laisserait M. Cipière, pourrait nuire à la conclusion d'une affaire , que , d'ailleurs, chacun regardait comme avantageuse.

Après une discussion animée et divers amendemens proposés par plusieurs membres, la majorité du conseil a émis l'avis que des rectifications fussent faites au rapport, et que , sans dresser un programme auquel M. Cipière serait tenu de se conformer , les énonciations mentionnées dans la délibération seraient pourtant suffisantes pour que les nouveaux plans eussent toute chance d'être acceptés.

Les principales conditions imposées par la ville sont : que la surface occupée par le théâtre devra présenter un développement de 793 mètres carrés ;

Que les plans de la salle seront conçus de manière à ce que cette salle puisse renfermer *au moins* 1,500 spectateurs, le maximum étant laissé au libre arbitre de l'architecte et du constructeur ;

Que la salle présentera trois issues ou portes principales, savoir : une sur la place de la Halle au Blé , l'autre sur la rue des Tourneurs, la troisième sur la rue Peyras.

Moyennant l'exécution de ces conditions et d'autres moins importantes, et la question d'art étant jugée à l'avantage des plans produits, la ville donnera à M. Cipière un intérêt de 5 o/o du capital dépensé , le sol étant compris dans l'évaluation pour une somme de 80,000 fr. Il est stipulé , néanmoins , que si le constructeur dépensait plus de 220,000 fr. soit 300,000 fr. avec la valeur du sol , la ville ne devrait jamais donner plus de 15,000 fr.

d'intérêt (1) , tandis qu'elle donnera moins si le capital n'atteint pas le chiffre du maximum.

Enfin , on avait d'abord fixé la durée de la location à quinze années , et M. Cipière jugeait que c'était là une indemnité suffisante ; mais la commission , comme le conseil, ont pensé qu'après ce terme, la ville se trouverait exactement dans la position où elle est aujourd'hui , position déplorable , ainsi que M. Martin , rapporteur , l'a parfaitement démontré. Pour remédier à cet inconvénient , il a été délibéré , à *l'unanimité* , que la durée du bail serait portée de 15 à 28 ans, que la somme, au lieu de 15,000 francs devrait être de 20,000 fr. et que , moyennant ces deux conditions réunies , la ville serait *propriétaire* du théâtre , à l'expiration du bail.

Cet arrangement , auquel M. Cipière TROUVERA NATURELLEMENT SON PROFIT , offre , en même temps , à la ville un immense avantage. Elle retrouvera , en grande partie du moins , pendant la durée du bail un dédommagement à ses sacrifices, par la diminution ou la suppression de la subvention qu'elle accorde aux directeurs de ses théâtres, et , le terme fixé pour le bail expiré, la ville sera propriétaire d'une très-belle salle qui ne lui aura rien ou presque rien coûté.

La discussion de cette affaire importante a occupé toute la séance du 29 avril.

----

(1). Une seule exception est faite , c'est pour l'hypothèse où la ville exigerait une toiture en fer. Dans ce cas, le constructeur recevrait une indemnité particulière , mais toujours calculée sur l'intérêt à 5 % du capital dépensé.

FRANCE MÉRIDIONALE.

EXTRAIT DU N° 3067 , DU VENDREDI 3 MAI.

Nous savons *officiellement* , depuis hier , pourquoi le théâtre des Variétés , qui s'élève en ce moment, tourmente si fort les meneurs municipaux. Nous savons pourquoi ses murailles ne sont pas d'a-plomb, pourquoi sa charpente remue au vent , pourquoi enfin il va s'écrouler un de ces jours, suivant la prophétie de *l'Émancipation* et de la *Gazette*. Le pauvre théâtre des Variétés a un rival favorisé par les capitouls , un rival à l'état de graine qui ne de-mande pour germer que le souffle bienfaisant des zéphirs municipaux.

Voici l'affaire telle que la raconte , avec enjolivements , le *Moniteur* républicain rédigé par M. le 1er adjoint et engraissé des menues-faveurs de l'administration. M. Cipière possède un terrain dans la petite rue des Tourneurs ; il cherche à utiliser ce terrain occupé par l'antique hôtel Palamini ; à l'ombre des événements dramatiques soulevés avec tant de désintéressement par une ou deux importances du conseil, il imagine de remettre sur le tapis la cons-truction d'un *second* théâtre. Le moment est opportun. D'une part, le conseil trouve le moyen de nuire à des ennemis *politiques* engagés dans l'érection du théâtre de l'allée Lafayette. De l'autre, le théâ-tre rêvé rue des Tourneurs avoisine l'immeuble de M. Baichère, beau-père de M. Paya. De plus, M. Paya s'est montré si aimable pour MM. Sans et Perpessac, lors de l'affaire d'alignement de la place du Capitole , que MM. Sans et Perpessac ne peuvent refuser un coup d'épaule à M. Paya.

Ce qui a été conçu a été fait. Le conseil a pris la peine de s'as-sembler lundi dernier pour accoucher de la plus amusante décision qui ait jamais été prise autour de la table verte du Capitole, qui pour-tant a vu de curieuses affaires. M. Cipière est autorisé à faire bâtir un théâtre coûtant approximativement 300,000 fr. , *y compris la va-leur du sol* , estimé 80,000 fr. Pendant *vingt-huit ans* , la ville fera à M. Cipière une rente de *vingt mille* francs : au bout de ces vingt-huit annuités de 20 mille francs, Toulouse se verra propriétaire du théâtre.

Nous reviendrons, dès demain si nos occupations y consentent, sur cette affaire comme qnestions de finances et de spéculation, et nous ferons ressortir ce que la ville acquiert ainsi les yeux fermés pour la bagatelle de 28 fois 20 mille francs, capital seul. Aujourd'hui nous voulons demander uniquement si jamais des conseillers ont pu sérieusement penser à cette construction.

On chercherait vainement, dans les quartiers les plus resserrés, les plus malaisés, les plus obscurs, les plus cachés de la ville, un emplacement aussi déplorable que l'emplacement désigné ; nous sommes convaincus qu'on ne le trouverait pas. Vous figurez-vous un théâtre niché dans la ruelle des Tourneurs ! un théâtre ayant pour dégagemens la rue de la Colombe, la rue Peyras, la rue du Musée, rues étranglées qui elles-mêmes aboutissent aux carrefours les plus difficiles et les plus obstrués, aux Changes, aux Puits-Clos, etc. : c'est-à-dire que ce théâtre bâti, le premier devoir de l'autorité serait d'en interdire l'approche. Aperçoit-on d'ici ce qui arriverait un jour d'affluence : et ce que deviendraient les piétons éclaboussés, renversés, broyés par les voitures qui, quotidiennement, dès ce moment où ces rues sont relativement désertes, rencontrent à chaque minute des encombremens et des embarras ?

On eût voté un théâtre au Rond-Point, à l'Embouchure, à Blagnac, n'importe où, pourvu qu'il y eût air et espace, nous dirions que c'est une folie, une folie seulement. Mais un théâtre rue des Tourneurs, au milieu du dédale de vingt ruelles qui se croisent à s'y perdre, c'est se moquer de la ville et de l'existence même des habitants dont on emprunte la bourse pour faire ce coup magnifique.

Et puis remarquez ce système arrêté : pour la place du Capitole, on engage les ressources de la ville pendant vingt années ; pour le théâtre de M. Cipière, on engage les derniers écus de la ville pour vingt-huit années encore ! C'est une plaisanterie beaucoup trop prolongée. L'argent de la ville appartient un peu à la génération actuelle : qu'on gaspille le revenu, c'est déjà beaucoup ; mais qu'on l'hypothèque aussi rudement, c'est trop. — On voudra bien nous permettre de revenir plus complètement sur ce plan d'utilité *publique*.

JOURNAL DE TOULOUSE.

EXTRAIT DU N° 124 , DU SAMEDI 4 MAI.

Le conseil municipal , dans sa séance du 29 avril , a délibéré qu'une somme de 20,000 fr. par an serait allouée pendant 28 ans à une société qui se propose de faire construire un théâtre , rue des Tourneurs. Dès que ce vote a été connu, les habitants du quartier Lafayette , où est situé le théâtre actuel des Variétés, se sont émus et ils ont aussitôt rédigé la pétition suivante adressée à M. le préfet.

Monsieur le préfet ,

Les soussignés , tous propriétaires, habitants et délégués du quartier Lafayette, ont l'honneur de vous exposer que depuis la création d'un théâtre secondaire dans la ville de Toulouse, leur quartier a été en possession de cet établissement ; qu'un grand nombre de familles trouvent leurs moyens d'existence dans le voisinage de ce théâtre ; que les artistes et employés sont généralement logés dans les environs ; que la plupart des cafés et des hôtels qui y sont établis ne doivent une partie de leur clientelle qu'à cet établissement ; enfin que la reconstruction à laquelle se livrent les propriétaires du théâtre actuel des Variétés semblait devoir détruire toutes les objections que l'on pourrait élever relativement aux dispositions peu convenables que présentaient les anciennes constructions.

Cependant les soussignés ont appris que, au mépris des droits acquis, le conseil municipal avait délibéré la construction d'un théâtre dans la rue des Tourneurs. Ce projet avait été préparé depuis long-temps par ceux que des motifs de jalousie, ou toute autre cause, ont fait les adversaires et les ennemis du quartier Lafayette. Cette malveillance ressort évidemment de tous les faits qui se sont passés depuis quelque temps. Ainsi , la communication du reste du boulevard avec la route de Paris et le pont des Minimes avait été approuvée ; une nouvelle délibération, emportée par les adversaires du quartier, fit renverser ce magnifique projet ; quelques maisons ou plutôt quelques bicoques restent à acquérir pour achever le débouché du boulevard vers Saint-Aubin, et malgré nos vives et nombreuses instances nous n'avons pu en obtenir la démolition ; les eaux ayant envahi le sol du quartier, l'ancienne administration avait fait étudier un projet peu dispendieux pour remédier à cet état de choses, et cette affaire a été enfouie dans les cartons ; enfin le mauvais vouloir de la municipalité perce dans les plus petites choses; les bornes d'une lettre nous interdisent le dénombrement. Ce mauvais vouloir est bien injuste et bien amer après les sacrifices énormes que se sont imposés les propriétaires de ce beau quartier, pour lequel, on le sait bien, la ville a si peu contribué.

Mais cette hostilité de la municipalité prend surtout le caractère le plus violent à propos du Théâtre des Variétés; il n'est pas d'obstacles, de difficultés, de tracasseries que l'on n'ait élevés à cet égard ; tantôt ce sont les murs que l'on prétend menacer ruine, et l'on s'empresse d'ordonner avec éclat des vérifications, des descentes que l'on fait appuyer de nombreuses réclames par les journaux dévoués ou opposants; tantôt c'est le refus ou plutôt l'inertie que l'on oppose à la demande en autorisation de la reconstruction et de l'amélioration de la salle actuelle.

Le but que l'on se proposait a été atteint en partie : on voulait gagner du temps pour arriver à la production et à l'adoption d'un projet de théâtre, soit à la place des Carmes, soit dans la rue des Tourneurs, ou sur tout autre point, car ce que l'on voulait avant tout, c'était la suppression, l'anéantissement du Théâtre de la place Lafayette.

Ces manœuvres, que nous ne chercherons point à qualifier, ont été, il faut le reconnaître, bien habilement ourdies, et aujourd'hui nous nous voyons menacés dans notre fortune, dans notre avenir par la suppression, ou du moins par l'espèce d'interdit que l'on va jeter sur le Théâtre des Variétés.

Et cependant si nous n'avions point à lutter contre une aveugle passion, contre un parti pris, il nous serait facile de démontrer qu'aucune position n'offre les avantages de celle du théâtre existant. Il se trouve au centre de la population ouvrière qui profite le plus de ce genre de spectacle ; les avenues en sont vastes, commodes et présentent des débouchés nombreux ; il est rapproché du Capitole, et par conséquent des agents [de] police, à une petite distance des casernes et du quartier général, en sorte que le désordre et le tumulte seraient, le cas échéant, promptement réprimés.

Si ce qu'on rapporte des projets de la mairie est exact, la caisse municipale serait grevée pendant 28 ans d'une dépense de VINGT MILLE FRANCS par an pour la construction du théâtre de la rue des Tourneurs, alors que le théâtre du quartier Lafayette ne coûte rien à la ville puisqu'il est la propriété de quelques particuliers. Les frais d'entretien de la nouvelle salle, les charges considérables dont on grèverait pour l'avenir le trésor municipal, ainsi que le prouve l'exemple du Capitole, les dépenses énormes, incalculables qu'entraînerait le théâtre projeté pour obtenir, d'une manière toujours incomplète, des avenues un peu plus praticables, pourraient fournir l'objet de considérations puissantes et sans réplique.

Mais nous le répétons, il ne s'agit point ici de justice, de droits acquis, d'économie des deniers de la ville, c'est une spoliation que l'on rêve depuis long-temps au détriment de notre quartier, et elle sera consommée si l'administration supérieure ne daigne point prendre notre défense. Aussi, Monsieur le préfet, c'est à vous que nous avons recours pour vous supplier de vouloir bien prendre immédiatement telles mesures que vous jugerez convenable pour maintenir au quartier la possession du Théâtre des Variétés et ferez justice.

Cette pétition, qui était revêtue d'un grand nombre de signatures, a été présentée à M. le préfet par une députation composée de MM. :

VERNAZOBRE, DUTEMPS, TEYNIER, RAVEL, DUTOUR, PORTES, LIGNIÈRES, LADEVEZE, CHABOU, BLANCHARD, LADIEU, DE VIELBAN, SCUDIER, CASSAN, TOUZET, MAZÈRES, THIBAULT, MONROUX, DILLAN, GARROS, DECAMPS, L'ESPINASSE, PUGET, DAVEZAC (le major), BONNEFOUS, DEBS, GLEIZES.

Lorsque cette députation a été admise à la préfecture, une des personnes qui en faisait partie a fait savoir à M. le préfet que, comptant sur la justice de leur cause, les habitants du quartier Lafayette n'avaient pas cru devoir faire une plus grande démonstration ; mais que si tous ceux qui dans le quartier appuient les pétitionnaires de leurs vœux s'étaient joints à la députation, plus de 3,000 personnes se seraient présentées à la préfecture. M. le préfet a remercié les habitants du quartier Lafayette de leur modération et a promis d'examiner avec soin leur demande.

Nous nous bornerons pour aujourd'hui à faire connaître ces faits. Nous reviendrons incessamment sur cette affaire et nous l'examinerons au point de vue de tous les intérêts.

FRANCE MÉRIDIONALE.

EXTRAIT DU N° 3071 , DU MARDI 7 MAI 1844.

Outre les avantages personnels que trouvent beaucoup de gens à ce projet de théâtre de la rue des Tourneurs , outre cette occasion pour beaucoup d'autres de payer ainsi une dette contractée envers les influences qui avaient appuyé l'alignement Sans-Perpessac , connu généralement sous le nom d'alignement de la place du Capitole , il y a encore une considération majeure : c'est le tort qu'on fait au quartier Lafayette.

Le quartier où se trouvent l'hôtel et les bains de M. Baichère , beau-père de M. Paya, est un quartier marchand. Les rues de cette partie de la ville, si elles sont trop étroites pour permettre une circulation subite dans un moment donné , sont suffisantes au mouvement journalier de la population active , pressée, qui l'habite ou le visite. C'est certainement un quartier dont la prospérité est déjà flagrante , assurée. De plus : on vient de décider la construction de la halle au blé. C'est une entreprise exigeant des expropriations qui coûteront à la ville 130,000 fr. et plus, sans tenir compte des frais accessoires. N'est-ce rien que cette supériorité incontestable sous tant de rapports ?

Le quartier Lafayette , au contraire , n'a ni mouvement ni commerce. Il ne peut compter que sur les oisifs , les promeneurs. Enlevez-lui cet avantage et vous détruirez les plus belles chances d'agrandissement de Toulouse. Ses avenues, ses rues demandent la foule qui ne les encombrera jamais d'une manière inquiétante pour la sûreté publique. S'il est, dans la ville, une place pour un théâtre, c'est là. A deux pas de la surveillance du Capitole , entouré d'air et d'espace en cas d'un sinistre qu'on pourrait combattre de tous les côtés et qui ne menacerait jamais d'étendre ses ravages.

Eh bien : ce quartier semble être l'objet de la haine la plus persévérante et la plus acharnée de l'administration actuelle. Déjà il avait contre lui le voisinage de l'uzine du gaz : le premier acte d'autorité que se permit le conseil fut encore dirigé de ce côté. Il obligea les femmes de mauvaise vie à s'éloigner de l'hôtel Sans, de l'hô-

tel Perpessac, etc. , et les rejeta daus ce même quartier Lafayette,
afin de le discréditer s'il était possible. A la fête du Roi, pas un di-
vertissement n'a eu lieu sur cette immense place si favorable. Les
caves des maisons sont inondées les deux-tiers de l'année : les propriétaires ont réclamé , ont indiqué un moyen d'obvier à ce véritable fléau , et la mairie a gâché à se faire des antichambres , des ca-
binets , des salons , des boudoirs , l'argent qui eût suffi à sauve-
garder les propriétés des citoyens. Les boulevards qui débouchent
sur l'allée restent dans un état déplorable. Enfin , aujourd'hui, on
enlève au quartier Lafayette une chose acquise , un véritable droit,
pour faire honneur à des échanges de bons procédés entre capitouls.

Et demain, les mêmes gens qui veulent nuire à une partie de la
ville , non pas même au profit d'une autre partie dont l'intérêt est
assez restraint en tout ceci, mais au profit de leurs rancunes inté-
ressées, crieront à la *corruption*. Il y aura de l'à-propos. — Nous
ne saurions faire remarquer trop souvent que les électeurs du quartier Lafayette ont eu l'heureuse idée de choisir , pour représentant
au conseil municipal, M. Gatien-Arnoult, premier adjoint à la mairie de Toulouse , et rédacteur de l'*Emancipation* , qui pousse si ré-
solument à la plus-value des immeubles de la rue des Tourneurs.

JOURNAL DE TOULOUSE.

EXTRAIT DU N° 127, DU MARDI 7 MAI 1844.

Nous avons déjà fait connaître le vote émis par notre conseil municipal dans sa séance du 29 avril dernier, d'après lequel une somme de 20,000 fr. par an serait allouée pendant 28 ans à une société
qui se propose de construire, rue des Tourneurs, sur une partie de
l'emplacement de l'ancien hôtel Palamini, un théâtre secondaire;
moyennant laquelle indemnité ce théâtre demeurerait, à la fin des
28 ans, la propriété de la ville.

Les motifs sur lesquels ce vote est fondé sont d'empêcher le mouvement de la population de se porter sur un seul point, à l'exclusion
de certains quartiers.

Nous avons la conviction profonde que le fait du mouvement de la population sur tel ou tel autre point de la ville tient à des causes, qu'un remède pareil à celui que veut appliquer le conseil municipal ne peut pas détruire. C'est ce que nous croyons d'abord devoir démontrer.

Dans la plupart des villes, surtout dans celles où le chiffre de la population tend à s'accroître, il est des quartiers, et ces quartiers ne peuvent être placés au centre, qui se développent, s'embellissent, s'étendent sans cesse et appellent à eux de nombreux habitants. Pour le moment nous ne rechercherons point les causes de ce développement; il nous suffit de constater le fait et de faire observer qu'il a quelque chose de mystérieux, qui ne manque pas d'une certaine analogie avec les changements du lit des fleuves que nulle puissance humaine ne saurait empêcher.

Le quartier Lafayette a eu l'avantage de se trouver sous le courant dans le mouvement imprimé à la population; aussi ce mouvement triomphera de tous les obstacles qu'on opposerait à son développement.

C'est en vain qu'on voudrait faire refluer vers le centre de la ville la population de ce quartier; il suffit d'étudier les mœurs, les habitudes, les positions de fortune des personnes qui la composent, pour se convaincre que ce projet ne peut se réaliser. Examinons ce que sont ces habitants: pour la plupart des rentiers, des militaires ou employés retraités, des fonctionnaires civils ou militaires, des étrangers, qui tous jouissant de quelque aisance se sont logés au quartier Lafayette, afin d'avoir de l'air, de l'espace, des promenades, c'est-à-dire la campagne et la ville à la fois. Remarquons d'ailleurs que la majeure partie d'entr'eux n'est pas née sur le sol toulousain. Ce sont des personnes qui sont venues s'établir dans notre ville, soit par goût, soit par la nécessité de leur position, et qui, n'ayant pas cette préférence que l'on éprouve toujours pour le toit où on a vu le jour, choisissent pour leur habitation les lieux qui leur paraissent les plus agréables.

C'est donc bien à tort que l'on a soutenu cette opinion, que le théâtre des Variétés avait été pour beaucoup dans les progrès faits par le quartier Lafayette; certes, nous ne nierons pas qu'il n'ait contribué à accroître sa prospérité; nous sommes même persuadés que si aujourd'hui on l'en retirait, une foule d'intérêts se trouveraient extrêmement froissés ; mais il faut reconnaître aussi que le quartier lui a rendu bien plus qu'il n'en a reçu et que si ce théâtre a prospéré il le doit principalement à l'emplacement qu'il occupe, et qui de toute la ville était le meilleur que l'on pût choisir. Si on l'eût établi dans tout autre lieu, une foule de preuves attestent qu'il n'aurait obtenu que de fort médiocres résultats.

En effet, si l'on porte les yeux sur les différentes villes où existent des théâtres, on verra que partout ces monuments sont placés dans les endroits les plus fréquentés, comme places publiques, promenades, boulevarts ; si quelques-uns n'ont obtenu aucune prospérité, ce sont ceux qui, ainsi qu'on voudrait faire à Toulouse pour celui de la rue des Tourneurs, ont été bâtis dans des quartiers où la circulation est rare. Nous ne citerons qu'un seul théâtre pour exemple, parce que celui-là est connu de tout le monde. On sait qu'à Paris toutes les salles de spectacle, excepté une seule, sont établies dans les lieux où une foule considérable circule incessamment, comme les Boulevarts et le Palais-Royal. Eh bien ! tous les théâtres de Paris font de bonnes affaires, tous, sauf l'Odéon, qui est précisément celui qui forme l'exception dont nous venons de parler ; et pourtant, dans sa position isolée, ce théâtre devrait trouver des ressources extraordinaires et que nulle autre salle ne possède, car il a dans son voisinage les innombrables étudiants de la Faculté de Droit et de la Faculté de médecine. Malgré un tel voisinage, l'Odéon a peine à se soutenir ; c'est là une preuve des plus évidentes que, pour qu'un théâtre prospère, il faut qu'il soit placé dans les lieux les plus fréquentés ; il faut qu'il aille à la foule, car la foule n'irait pas à lui.

La rue des Tourneurs n'est donc pas dans les conditions nécessaires pour qu'une salle de spectacle y obtienne d'heureux résultats. Cette rue n'attirera jamais à elle les personnes qui vont se loger sur les boulevarts, les places publiques, les promenades. La population qu'elle doit naturellement renfermer doit avoir d'autres mœurs, d'autres habitudes, d'autres goûts. Comme la Maison-Professe, la rue de la Trinité, la rue des Marchands, la rue Saint-Rome, la rue des Arts, la rue de la Pomme qui l'environnent, c'est au commerce que doivent s'ouvrir ses maisons rajeunies. Nous nous joignons de toutes nos forces à ceux qui désirent que l'on fasse beaucoup pour cette rue dont la position mérite l'attention de la ville

entière; mais c'est parce que nous éprouvons pour elle un véritable
dévouement que nous serions fâchés de la voir rechercher, en dehors de ce qui convient à la nature de ses intérêts, une prospérité qui
ne se réaliserait jamais. Déjà on a décidé que la Halle au blé serait
agrandie; cette halle devra s'étendre jusqu'à la rue des Tourneurs;
ce sera là, qu'on le croie bien, un bienfait plus grand que la construction d'une salle de spectacle. Vienne ensuite l'élargissement de
la rue et des quartiers voisins, suivant le plan général d'alignement , qu'enfin les habitants aient de l'air et de l'espace, et ils
sont certains de voir leur quartier s'embellir, la vie et le mouvement y pénétrer. Qu'on se souvienne de ce qu'était la place de la
Trinité avant que l'on eût démoli le pâté de maisons qui se trouvait
au milieu, qu'on la compare avec ce qu'elle est aujourd'hui et l'on
aura une idée des bienfaits qui peuvent résulter de l'agrandissement
de la voie publique.

Nous venons de citer un exemple qui prouve combien, lorsque
des améliorations sont faites avec l'intelligence des besoins qui les
réclament, il en résulte bientôt des progrès sensibles. Nous croyons
devoir en citer un autre qui montrera que ce qui se fait en dehors
de ces conditions ne produit que des résultats opposés à ceux que
l'on espère. Cet exemple est pris à Toulouse même. Lorsque l'on
construisit le bâtiment actuel de l'École de Médecine, on discuta
longuement avant de déterminer le lieu de son emplacement. Enfin
on se décida pour l'allée Saint-Michel, et le motif qui dicta ce choix
fut que ce quartier était pauvre, isolé, et qu'il était nécessaire de
saisir ce moyen qui devait attirer à lui des professeurs et des étudiants dont les dépenses lui profiteraient. Le conseil municipal qui
prit cette résolution était dans l'erreur à l'égard du faubourg Saint-
Michel, autant que le conseil d'aujourd'hui à l'égard de la rue des
Tourneurs. Les professeurs de l'École de Médecine ainsi que les
étudiants sont demeurés au centre de la ville. Ainsi le choix de
l'allée Saint-Michel pour l'école de médecine, n'a contribué à rien,
sinon à nuire aux succès des études.

Nous croyons avoir suffisamment démontré qu'il n'est nullement
dans l'intérêt de la rue des Tourneurs de posséder un théâtre. Nous
ajouterons que, sous beaucoup de rapports, il pourrait lui nuire.
Ainsi la plupart des rues qui lui servent de débouchés, telles que la
rue Baronnie, la rue du Musée, la rue Peyras, la rue de la Co-

lombe , etc., etc. , sont si étroites que la circulation y est extrêmement difficile. En admettant donc que le théâtre obtînt tout le succès que l'on désire , comment les voitures et la foule qu'il attire-
rait pourraient-elles circuler sans causer à tout moment de graves
accidents ; si un incendie éclatait dans la salle, peut-on sans frémir
songer au danger auquel seraient exposées les vieilles maisons en-
vironnantes , et si enfin quelque trouble survenait , comme cela
arrive trop souvent dans les salles de spectacle et qu'il se propa-
geât dans les rues adjacentes, quelles difficultés n'éprouverait point
l'autorité pour rétablir l'ordre dans ces ruelles où la force armée
aurait tant de peine à se mouvoir ?

Il est un point de vue de la question qui mérite surtout d'être
examiné, c'est la nécessité où l'on serait avant peu, si le théâtre projeté se construisait , d'élargir la rue des Tourneurs et les rues qui
y aboutissent ; car si le théâtre, contre nos prévisions, venait à pros-
pérer, l'espace ne suffirait plus à la circulation. Dans le cas, au contraire, où il ne prospérerait pas, on ne manquerait pas de dire que,
si la foule ne s'y rend point, c'est parce que les rues sont trop étroites et on demanderait leur élargissement. Le conseil municipal serait assiégé de réclamations qui, à notre avis, seraient extrêmement
justes ; mais pourrait-on y faire droit ? Que l'on sache bien que la
satisfaction donnée immédiatement à ces réclamations coûterait plusieurs millions, et que l'on n'oublie pas que la ville, par suite de
l'emprunt voté il y a quelques mois , se trouverait hors d'état de
faire une telle dépense.

Nous avons démontré que, si le Théâtre des Variétés a prospéré
dans le quartier Lafayette , il le doit par dessus tout à l'affluence
d'habitants qu'attire ce quartier, affluence que rien ne peut lui
enlever; ajoutons qu'il y a pour ce théâtre un droit acquis, et qu'un
droit acquis doit être toujours respecté. Ce n'est pas en vain sans
doute que la confiscation a été abolie.

Nous avons dit aussi ce que serait , pour la rue des Tourneurs ,
la construction d'un pareil théâtre. Examinons maintenant , dans
l'intérêt général de la ville, les conséquences qui résulteraient du
vote du conseil municipal.

On accorderait à la société qui veut faire construire ce théâtre
20,000 fr. par an , pendant vingt-huit ans , ce qui formerait avec
les intérêts composés une somme de 1 226,000 fr. En échange de

cette somme, que reviendrait-il à la ville ? La propriété au bout de vingt-huit ans de la salle de spectacle ! Ceci nous semble le comble de la dérision; et nous ne comprenons pas qu'un conseil municipal, quel qu'il soit , ait pu accepter de pareilles propositions. Comment ! on ose dire qu'on laissera à la ville en propriété une salle de spectacle qui aura servi vingt-huit ans , lorsque ces sortes de constructions ne durent guère plus de vingt-cinq ans , ce dont nous avons la preuve sous les yeux dans le théâtre du Capitole , que l'on va être sous peu d'années forcé d'abandonner et qui ne sert que depuis 1819. Ainsi on laissera à la ville, lorsque celle-ci aura achevé de payer l'indemnité annuelle de 20,000 fr.., une salle usée , délabrée et qu'il faudra reconstruire aussitôt ; par conséquent , aux 1226,000 fr. que cette salle aura coûté, on devra ajouter plusieurs autres centaines de mille francs pour en construire une nouvelle.

On prétend, à la vérité, que l'on pourra par la suite diminuer la subvention accordée au directeur ; mais il nous semble que ce serait payer immensément trop cher le rachat de cette subvention , car si aux sommes données à la société qui veut aujourd'hui faire élever un théâtre , on ajoute le prix d'une nouvelle salle à construire dans vingt-huit ans , on aura un total dont l'intérêt à 5 p. 0/0 serait de 70 à 80,000 fr.

Parlerons-nous maintenant des intérêts de la société en faveur de laquelle le conseil municipal vient d'émettre un vote si avantageux ? il le faut, pour que l'on sache bien toute la portée du traité consenti au nom de la ville. Voyous donc quels seront les résultats de cette spéculation pour les actionnaires. Nous prévenons le lecteur que nos chiffres sont de la plus grande exactitude.

L'hôtel Palaminy, en comprenant le sol qui a plus de 2108 mèt. carrés de surface et les constructions qui le composent , a coûté 132,000 francs ; voici le parti qu'en doit retirer la spéculation.

Le terrain destiné à la construction du théâtre et qui a une étendue de 793 mètres carrés, a été porté, dans le vote du conseil municipal, pour 80,000 fr.; les propriétaires doivent en outre recevoir pour prix de 199 mètres carrés affectés au reculement qu'exige le plan d'alignement de la ville, et d'après une approbation du conseil, une somme de 35,000 fr. , cela fait un total de 115,000 fr. En sorte qu'il resterait aux propriétaires pour 17,000 fr. les matériaux, bois, menuiseries, qui valent au moins 50,000 fr. ; plus , remarquez-le bien, une étendue de 1116 mètres carrés restant disponible et pouvant servir à de belles constructions ; en rapprochant de tout cela les 20,000 fr. par an payés pendant 28 ans , c'est-à-dire un total de 1,226,000 fr. , on sera convaincu que ces messieurs s'entendent fort bien en spéculation, ce dont nous sommes du reste bien loin de les blâmer , car ils font leur métier ; mais nous ne pouvons laisser passer sans protester énergiquement, au nom de l'intérêt, public, contre un vote dans lequel tout semble avoir été calculé pour favoriser des intérêts privés au détriment de la caisse municipale.

Si Messieurs les actionnaires de l'hôtel Palaminy tenaient si fort à construire un théâtre , il fallait les laisser faire à leurs risques et périls ; nous sommes d'avis que l'on aurait eu tort de les en empêcher. Le théâtre des Variétés du quartier Lafayette ne doit pas plus qu'un autre avoir un droit de monopole ; mais puisqu'il ne demande rien à la ville , il ne fallait rien accorder au rival qu'on veut lui opposer. On devait laisser s'établir entr'eux une égale et libre concurrence ; c'était le seul moyen d'être équitable, de couvrir tous les intérêts de la même protection.

Il est un argument qu'on a fait valoir et qui sans doute a dû produire beaucoup d'effet sur les membres du conseil municipal : c'est qu'il était urgent de rendre la ville propriétaire du théâtre secondaire, afin d'éviter que les directeurs de spectacle fussent à la merci des exigences particulières. En donnant une pareille raison , on a évidemment trompé la majorité du conseil municipal, et si nous relevons ici l'erreur où on est tombé, ce n'est point dans quelqu'intérêt particulier , mais seulement pour faire connaître la vérité toute entière sur cette question. Si l'on consulte le traité sur la législation des théâtres, publié par M. Vivien, on y verra que, lorsque les propriétaires des salles de spectacle poussent trop loin leurs exigences, les tribunaux doivent être appelés à fixer le prix du loyer. Les craintes qu'on a exposées au conseil municipal n'étaient donc point fondées.

Nous pouvons affirmer au surplus que plusieurs conseillers déplorent vivement aujourd'hui le vote où ils ont été entraînés.

En résumé ce vote, s'il était approuvé, aurait les conséquences suivantes :

Une foule de personnes seraient profondément blessées dans leurs goûts et leurs habitudes, car il en est beaucoup qui renonceraient aux représentations d'un théâtre secondaire si ce théâtre était situé

2

loin du voisinage des boulevarts, des promenades, des lieux enfin les plus fréquentés.

Dans le quartier Lafayette, de nombreux intérêts nés de l'établissement du théâtre des Variétés seraient gravement compromis, sans avoir à espérer qu'en se rapprochant de la rue des Tourneurs, où on veut établir la nouvelle salle, ils pussent trouver quelque compensation. N'oublions pas en outre que l'on foulerait aux pieds des droits acquis

Le quartier des Tourneurs, nous l'avons démontré, ne possède aucune des conditions nécessaires pour la réussite d'un théâtre secondaire ; il ne verrait point la foule envahir sa salle de spectacle ni les habitants qui aiment d'être placés dans des rues vastes et aérées, s'établir dans ses maisons.

Enfin la ville dépenserait pendant 28 ans une somme énorme pour posséder au bout de ce temps une salle qui ne pourrait plus servir et qu'il faudrait aussitôt reconstruire. De plus, on sentirait bientôt la nécessité d'élargir, sans retard, les rues qui aboutissent à la rue des Tourneurs, ce qu'on ne pourrait point faire, cet élargissement devant coûter plusieurs millions de dépense..

Mais cette affaire, si désagréable pour les habitués du théâtre secondaire, si compromettante pour les nombreux intérêts qui sont liés au théâtre actuel des Variétés, si peu favorable soit au quartier des Tourneurs, soit au théâtre projeté, et enfin si dispendieuse pour la ville, serait très-avantageuse pour une société de spéculateurs et pour quelques voisins de la rue des Tourneurs. Voilà quels intérêts se trouvent en présence.

Cet état de choses mérite d'être sérieusement examiné, et nous sommes persuadés que l'autorité supérieure, à l'approbation de laquelle l'affaire doit être soumise, mettra de côté toute considération de personnes, et qu'elle se décidera d'après les inspirations de l'équité et de l'intérêt général de la ville.

LE MONITEUR TOULOUSAIN.

(EXTRAIT DU N° 216, DU JEUDI 9 MAI 1844.)

Le conseil municipal, dans sa délibération du 29 avril dernier, *suppose* que la somme que M. Cipière et ses deux associés , MM. Vignolles et Soulé, consacreront à la construction de leur théâtre, pourra s'élever à 300,000 fr. qui seront payés par la ville à l'aide de 28 annuités de 20,000 fr. chacune, ce qui forme, avec les intérêts composés, une somme totale de *un million deux cent vingt-six mille cent quatre-vingt francs*. Qui serait dupé, dans une pareille affaire? La ville de Toulouse, qui se verrait privée, au bout de vingt-huit ans, de la somme énorme de 1,226,180 fr. , tandis qu'avec un peu d'économie, elle aurait pu réaliser cette somme dans ses caisses, en mettant,tous les ans, 20,000 fr. de côté.

Mais si, au bout de vingt-huit ans, la ville est privée de ce million et 226,180 fr., du moins, pourra-t-on dire, elle possédera un immeuble évalué à 300,000 fr. En supposant que cela fût, un pareil marché serait toujours ruineux pour la ville, car elle éprouverait une perte de 926,180 fr. formant la différence entre la somme de 300,000 fr., prix d'achat de l'immeuble, et la somme réelle de 1,226,180 fr. qu'elle aurait donnée. Mais la perte sera bien plus considérable. Au bout de vingt-huit ans, il faudra refaire le théâtre : en effet, l'expérience prouve que la durée moyenne des salles de spectacle n'est que de 25 ans; le théâtre du Capitole, construit en 1819, en est un exemple irrécusable; en sorte qu'à l'expiration du traité, la ville n'aura plus qu'une masure, des matériaux, de la menuiserie en fort mauvais état, et dont la valeur sera bien faible, plus le sol qu'on ne revendra pas assurément ce qu'il aura coûté.

N'avons-nous pas eu raison de dire que c'est là un marché de dupes? Et si quelque chose nous étonne, c'est qu'il ait pu se rencontrer un conseil municipal assez aveugle pour consentir un pareil marché, et que les hommes éclairés de ce conseil (car il y en a) se soient laissé entraîner par une majorité ignorante ou irréfléchie.

Et maintenant nous demanderons : comment la ville pourra-t-elle grever son budget annuel de cette somme de 20,000 fr., plus les intérêts, alors que naguère l'on annonçait , à grand fracas, que l'emprunt de deux millions, pour l'achèvement de la place du Capitole, absorberait toutes les ressources pour plusieurs années, et que l'un des motifs qui militaient le plus en faveur de cet emprunt était précisément l'obstacle invincible que les engagements contractés apporteraient à des dépenses qui n'auraient pas la même destination, en mettant un frein à l'abus des crédits supplémentaires ? — Et s'il arrive quelque besoin, quelque nécessité imprévue, comment fera-t-on pour y pourvoir ? — Peut-être a-t-on compté sur le revenu que donnerait la nouvelle salle de spectacle : mais c'est un leurre et l'on se berce d'une vaine espérance. Les directeurs de théâtre se trouvent aujourd'hui dans une telle situation, que les villes sont obligées de venir à leur secours, bien loin de pouvoir rien exiger d'eux. Autrefois, le prix de location de la salle du Capitole était fixé à douze mille francs ; la ville recevait alors, au lieu de donner. Combien de temps cela a-t-il duré ? Trois ou quatre ans seulement. Il en sera de même du théâtre de la rue des Tourneurs, et non-seulement la ville sera forcée de renoncer à son revenu, mais il faudra dépenser annuellement des sommes considérables pour l'entretien du matériel et des bâtiments.

Dira-t-on que, du moins, la ville pourra diminuer proportionnellement la subvention qu'elle donne au théâtre, du moment où le directeur n'aura que peu de frais de location à payer, ou n'en aura pas du tout ? Nous croyons que c'est là une erreur, car l'on n'ignore pas que le théâtre actuel des Variétés n'est loué qu'à raison de 5400 francs par an, et pourtant, si faible que soit ce chiffre, une subvention donnée par la ville a toujours été reconnue indispensable ; bien plus, la somme de 20,000 fr. est beaucoup trop faible, et il serait à désirer que cette subvention fût portée à 30,000 fr.

L'on insiste, et l'on dit que les entrepreneurs de la nouvelle salle des Variétés ont manifesté la pensée d'élever leurs prétentions si haut, qu'il est nécessaire que la ville *intervienne* en faveur des directeurs. Ce mot *intervenir* a eu, dans la bouche des conseillers municipaux, un sens beaucoup trop étendu, et l'*intervention* ne devait pas aller, ce nous semble, jusqu'à un projet désastreux pour les finances de la ville. D'ailleurs, en supposant que l'industrie privée eût voulu abuser de la position du directeur, il y a un moyen bien simple d'arrêter de tels abus, et M. Vivien l'indique dans son ouvrage sur la législation des théâtres : « Lorsque les propriétaires

d'une salle de spectacle exagèrent leurs prétentions, c'est aux tribunaux qu'il appartient de fixer le prix du loyer.» Le conseil municipal s'est montré beaucoup trop charitable et trop plein de solli-
citude pour les directeurs de théâtre, et nous ne saurions le louer,
dans cette circonstance, des vertus dont il a voulu faire preuve.

Une dernière raison a été apportée en faveur du projet, c'est qu'il
est nécessaire de ne pas laisser la population se concentrer toute entière sur un point, et qu'il faut la ramener dans les quartiers
abandonnés. Mais, d'une part, la rue des Tourneurs, située au centre de la ville, à côté de la Halle au blé et de la rue des Changes,
n'est pas aussi abandonnée qu'on veut bien le dire. D'autre part,
lorsque la population abandonne un quartier, soit parce que l'air
qu'on y respire est malsain, soit parce que l'on n'y trouve point tous
les agréments nécessaires à la vie, soit enfin pour des raisons qu'il
serait impossible peut-être de bien dire, que les caprices de la mode
n'expliqueraient pas suffisamment, il est aussi difficile de l'y ramener que de faire rentrer un fleuve dans le lit qu'il a quitté, quand
le cours irrésistible de ses eaux lui tracent une pente nouvelle. Nous
n'ignorons pas que c'est vers le quartier Lafayette que la population
se porte aujourd'hui, mais l'on n'y peut rien faire, et si ce quartier
est le plus sain, le mieux aéré, si l'on y jouit, à la fois, des plaisirs
de la ville et des douceurs de la campagne, voulez-vous forcer les
rentiers, les riches propriétaires, les anciens employés et les militaires en retraite, tout ce peuple d'oisifs, mais dont l'oisiveté a été
achetée par le travail, voulez-vous les forcer, disons-nous, à rentrer
dans les quartiers sales et enfumés, dans les rues étroites, dans les
maisons mal saines et mal bâties de l'ancienne Toulouse ? Tous vos
efforts n'y réussiraient pas. Et c'est précisément parce que le quartier Lafayette est habité par cette population d'oisifs qu'un théâtre
est mieux placé de ce côté que dans la rue des Tourneurs où il n'a
aucune chance de succès, car ce ne sont point les marchands, ni les
gens qui s'occupent d'un négoce quelconque, ce ne sont point les
ouvriers, les travailleurs qui font vivre un théâtre.

Ajoutez à tout ce que nous venons de dire, les malheurs effroya-
bles qui résulteraient d'un incendie, dans un quartier où toutes les
maisons sont bâties en bois, — or, l'on sait que la plupart des salles
de spectacle périssent ordinairement par ce sinistre ; — ajoutez encore les dangers d'une émeute, ou d'une foule considérable dans ces

rues étroites et tortueuses , et voyez si le projet adopté par le conseil municipal ne s'écarte pas de la ligne du bon sens ?

M. Cipière n'est pas de cet avis ; il prétend, au contraire, que la rue des Tourneurs est des plus favorables à l'établissement d'un théâtre : mais alors , pourquoi ne pas le laisser, lui et ses deux associés , élever ce théâtre à leurs risques et périls , comme le font les propriétaires actuels de la salle des Variétés qui couvrira, non pas un espace de 793, mais bien de 1287 mètres carrés, et fera connaître, d'après les plans que nous avons vus, le confortable réel qui convient à un lieu de réunion publique ? Pourquoi la ville ne reste-t-elle pas libre de tout engagement , en laissant à l'industrie privée une semblable spéculation ? Alors il y aurait concurrence entre les deux établissements ; les directeurs choisiraient celui qui serait le plus favorable à leurs intérêts , et la ville ne se jetterait pas dans une impasse d'où elle ne sortira qu'avec la perte de ses deniers. Voilà quelle serait la marche du bon sens, la véritable marche à suivre , si une rivalité aveugle de quartier et de personnes ne présidait à cette affaire.

Maintenant , est-il vrai que , pour la construction du théâtre de la rue des Tourneurs, une société en commandite se soit formée, et qu'un grand nombre d'employés de la mairie ou d'attachés à l'administration municipale aient souscrit des actions? Ce serait une bien malheureuse coïncidence et qui pourrait prêter à des interprétations singulièrement malveillantes. Dieu nous préserve de rien dire qui puisse donner lieu à de telles interprétations ; mais il y a des gens qui seront moins charitables, et c'est un malheur : ils ne comprendront pas que le conseil municipal ait pu octroyer gracieusement une somme de plus de douze cent mille francs , à quelques employés, au détriment de l'intérêt public.

Nous espérons que l'autorité supérieure interviendra, et qu'elle aura assez de sagesse pour empêcher la réalisation d'un projet conçu par quelques têtes municipales , et qui serait si désastreux pour la cité.

TABLEAU comparatif de la dépense qu'occasione à la ville de Toulouse l'établissement d'un Théâtre de second ordre.

DANS LA RUE DES TOURNEURS.	DANS LE QUARTIER LAFAYETTE.
28 annuités à 20,000 f. chacune. 560,000 fr.	Annuités . . . . 000,000 fr.
Intérêts composés . . . . . 666,180 fr.	Intérêts . . . . 000,000 fr.
Total. . . . . 1,226,180 fr.	Total. . . . 000,000 fr.
Soit un million cent vingt-six mille cent quatre-vingt francs de dépense.	Soit RIEN. — ECONOMIE pour la ville, un million cent vingt-six mille cent quatre-vingt francs.

L'IMPARTIAL DU MIDI.

EXTRAIT DU N° 3 , DU MERCREDI 8 MAI 1844.

Quant à l'affaire d'un théâtre à la rue des Tourneurs , l'opinion publique en a fait déjà justice. Il n'appartient point au conseil municipal d'engager indéfiniment la fortune des habitans de la cité ; il ne lui appartient point de jeter en pure perte une somme énorme ; il ne lui appartient point d'abdiquer la raison jusqu'à choisir un pareil emplacement. Plus que jamais nous sommes heureux de penser que l'autorité supérieure est appelée à contrôler tous les actes émanant du conseil , sans cela..,... mais un jour Toulouse aura des administrateurs ou plus sages ou plus éclairés.

———————

Nous recevons de MM. les propriétaires du Théâtre des Variétés la lettre suivante , avec prière de l'insérer.

A M. le Rédacteur du JOURNAL DE TOULOUSE.

Toulouse, le 10 mai 1844.

Monsieur ,

A propos de la reconstruction de notre Théâtre des Variétés on s'est livré à quelques assertions sur lesquelles il nous importe d'éclairer l'opinion publique.

1° Il est faux que nous ayons manifesté des prétentions exagérées pour la location de notre salle , puisque ni directement ni indirectement il ne nous a été fait aucune ouverture par l'administration municipale , avec laquelle nous eussions traité volontiers , et à des conditions bien plus favorables pour la ville qu'elle ne l'a fait avec M. Sipière , si on nous eût mis en concurrence.

2° Il est faux que nous ayons pris avec personne des engagements soit verbaux , soit par écrit , puisque dans l'état des choses il ne nous était pas permis de traiter sérieusement avec qui que ce fût.

3° Il est faux que nous ayons eu la prétention d'exploiter par nous-mêmes la nouvelle salle des Variétés , puisque notre demande en autorisation de reconstruction à nos périls et risques constate que la nomination du directeur est laissée à M. le préfet, conformément à la loi.

Dans l'intérêt de la vérité nous espérons , Monsieur le Rédacteur, que vous voudrez bien accorder une place à la présente déclaration dans le plus prochain numéro de votre estimable journal.

Nous avons l'honneur de vous saluer avec considération ,

Les propriétaires du Théâtre des Variétés en reconstruction au quartier Lafayette ,

ANDRIEU père , le comte DE CASTELLANE , FARGUES, A. LACAN DE CARGET.

Un de nos abonnés nous adresse la lettre suivante au sujet du vote du conseil municipal, d'après lequel un théâtre devrait être construit dans la rue des Tourneurs.

A M. le Rédacteur du JOURNAL DE TOULOUSE.

Toulouse, le 9 mars 1844.

Monsieur le rédacteur,

Avant de s'engager dans la plus mince des affaires, le plus petit village fait afficher, tambouriner, crier à son de trompe... Jusqu'ici Toulouse avait marché dans ces errements... Il paraîtrait maintenant que ce n'était là qu'une mauvaise routine... Plus habiles, et mieux avisés, sans prendre ni tambour ni trompette, nos conseillers municipaux, ces économes des deniers publics, ont adopté une nouvelle méthode. Ainsi, pour la question du théâtre de la rue des Tourneurs, ils ont eu une séance, entendu un rapport, traité une question importante de location, convertie à l'instant même en un acte d'achat, et bâclé, toujours dans la même séance, un traité qui engage l'avenir de la ville pour 28 ans et pour une somme annuelle de 20 mille francs. — Total capitalisé, la bagatelle de 1,226,000 fr. — Veni, vidi, vici Telle est la nouvelle devise de nos administrateurs; en un soir ils sont venus, ils ont vu, ils ont... voté. Ce vote à la course a déjà produit, je vous l'assure, une grande impression sur les électeurs.

Tout le monde se demande pourquoi dans cette affaire on n'a pas fait un appel à la concurrence, pourquoi on n'a pas recherché si tout autre quartier que la rue des Tourneurs n'aurait pas pu trouver des spéculateurs disposés à faire construire une salle plus avantageusement placée et moins ruineuse pour Toulouse ; pourquoi, enfin, puisqu'on voulait absolument que la ville devînt propriétaire du théâtre secondaire, on n'a pas adressé des propositions aux propriétaires du théâtre de l'allée Lafayette.

Toute cette affaire a été menée le plus silencieusement possible. Si on en eût instruit d'avance le public, si les deux journaux qui savent tout ce qui se prépare au conseil municipal ne s'étaient pas imposé une réserve que l'on doit trouver pour le moins fort extraordinaire, on aurait pu discuter, éclairer la question, et plusieurs conseillers municipaux ne se trouveraient pas aujourd'hui dans le cas d'avoir à regretter le vote qu'ils ont émis. N'est-on pas autorisé de croire que l'on a craint la vérité !

J'ai jugé à propos, M. le rédacteur, de vous soumettre ces observations, qui manquaient à l'article inséré dans votre feuille de mardi, et qui serviront, je l'espère, si vous leur donnez de la publicité, à éclairer encore l'opinion publique sur la question du théâtre de la rue des Tourneurs.

Agréez , etc.   Un de vos abonnés.

Toulouse. — Typographie de BONNAL et GIBRAC, 46, rue Saint-Rome.

www.ingramcontent.com/pod-product-compliance
Lightning Source LLC
Chambersburg PA
CBHW061732180626
46818CB00006B/2580